Disney · PIXAR

HISTOIRE DE JOUETS

Place au spectacle !

Lorsque les jouets sont enfin installés dans leur nouvelle demeure, Dolly leur annonce qu'elle a une idée pour que tous apprennent à mieux se connaître.

— On devrait faire un spectacle ! dit-elle.

Tous les jouets débordent de joie. Ils ont hâte de montrer leurs talents aux autres.

Tous les jouets commencent les préparatifs : ils répètent des chansons, montent des décors ou apprennent des textes. Pourtant, Buzz Lightyear reste là, seul et pensif. Tous ses amis semblent savoir quoi faire, mais lui demeure incertain.

Il sait qu'il a du talent. Après tout, il est Buzz Lightyear, le patrouilleur de l'espace ! Il a plein de talents ! Mais il ne sait pas lequel mettre en valeur ! Il aimerait faire quelque chose d'extraordinaire, de spectaculaire et de différent, quelque chose pour impressionner Jessie, la cow-girl.

Il voit alors Hamm et Bouton d'Or qui répètent leur sketch humoristique. Buzz sait que Jessie apprécie les bonnes blagues. S'il prenait part à leur numéro, elle verrait à quel point il est drôle.

— Salut les amis ! Je suis le shérif Woody ! Saviez-vous qu'il y a un serpent dans ma botte ?

— Je ne suis pas certain de reconnaître la voix de Woody, dit Hamm avec un sourire. Mais tu me laisses sans voix !

Buzz ne s'en inquiète pas. Il remarque que monsieur Labrosse et les extraterrestres préparent une pièce de théâtre.

« Jessie adore le théâtre ! » se dit-il en allant vers eux.

Les extraterrestres sont fiers de leur pièce, dirigée par le hérisson. Celui-ci invite même Buzz à se joindre à eux.

— Il y a plein de rôles disponibles, dit-il pour l'encourager. Nous jouons un classique : *Roméo et Juliette !*

— Quelle bonne idée ! répond Buzz. Mais quelques changements pourraient rendre la pièce plus intéressante. Pourquoi ne pas faire une nouvelle version ? J'ai trouvé ! Pourquoi pas : *Roméo et Juliette…* *dans l'espace !* Pour une fois, monsieur Labrosse ne sait que dire.

À cet instant, Buzz entend la voix de Jessie.

— Je trouve que tu es un excellent patrouilleur de l'espace !

Il pense qu'elle s'adresse à lui. Lorsqu'il se retourne pour lui répondre, il voit qu'elle est déjà en train de s'éloigner. Elle parlait en fait à Rex, qui recrée, avec Trixie, quelques-unes des scènes de son jeu Buzz Lightyear préféré. Toutefois, Rex ne semble pas convaincu.

— On dirait qu'il manque quelque chose, dit-il à Trixie.

Buzz se rapproche un peu.

— C'est peut-être moi qui manque !

Le seul fait que Buzz participe à leur numéro est suffisant pour que les dinosaures débordent de joie.

— J'ai hâte que Jessie me voie faire ça !

Buzz sourit en imaginant à quel point Jessie aimera sa démonstration de patrouilleur de l'espace. Il fait quelques mouvements de karaté, son laser traverse la pièce, et Buzz s'élance en bas d'un meuble en s'écriant :

— Vers l'infini et plus loin encore !

Buzz termine fièrement sa démonstration de patrouilleur de l'espace. Cependant, Rex et Trixie le regardent, sceptiques.

— Ça ne se passe pas comme ça, dans le jeu, chuchote Rex à Trixie.

À cet instant, Slinky appelle le patrouilleur de l'espace.

— Hé, Buzz ! Regarde ça !

Buzz tourne la tête pour voir Woody et Bourrasque qui s'entraînent pour leur spectacle d'équitation. Il doit admettre que leur numéro de rodéo est excellent.

Une idée le frappe enfin : s'il présentait un numéro de son cru, Jessie serait certainement impressionnée ! Buzz demande aux petits pois qui se trouvent tout près :

— Vous allez quelque part ?

Les petits pois sautent dans les mains de Buzz qui se met à jongler avec eux. Pour rendre son numéro plus intéressant, Buzz ajoute d'autres tours !

— Allez, tout le monde ! C'est l'heure de commencer le spectacle ! prévient Dolly.

Tous les jouets se dépêchent de s'asseoir à leur place, mais Jessie appelle Buzz :

— Allez, Buzz ! Es-tu prêt ? J'ai hâte de voir ton numéro !

Son sourire disparaît.

— Oh, non ! murmure-t-il.

Il n'a pas encore décidé quel numéro il veut faire ! Sur la scène, Bourrasque démarre la musique.

Une musique enjouée se fait entendre… et, soudain, le corps de Buzz se met à trembler. Ses pieds commencent ensuite à bouger. Puis son bras. Les petits pois reculent pour ne pas être heurtés par Buzz, qui se met à tourner.

La musique semble s'être emparée de son corps !

Buzz danse sans pouvoir maîtriser ses mouvements. Il ne peut plus s'arrêter ! Il danse du bout de la pièce jusqu'à Jessie. Il l'attrape et la fait descendre presque jusqu'au sol.

— Hum, je ne sais pas pourquoi j'ai fait ça, s'excuse Buzz, en rougissant. J'ai perdu le contrôle !

Jessie sourit. Elle sait ce qui se passe : la musique a remis Buzz en mode espagnol !

— Ça va, Buzz, lui chuchote-t-elle. Tu n'as qu'à suivre le rythme !

Buzz sourit à Jessie, gêné.

— Bon, d'accord, dit-il. M'accorderez-vous cette danse ?

Jessie hoche la tête. Les deux partenaires bougent sur la scène. Ils tournent et virevoltent. Leurs pas s'enchaînent parfaitement. Durant toute la danse, Buzz et Jessie sourient. Tous leurs amis les encouragent et tapent dans leurs mains.

Lorsque la musique s'arrête enfin, les deux danseurs s'inclinent devant le public.

Buzz est radieux. Finalement, il a impressionné Jessie. Il a aussi découvert un de ses talents cachés. De plus, il a offert une prestation spectaculaire et originale, comme il le voulait. Quel excellent numéro d'ouverture pour ce spectacle !